Das Wolkenkind

... und weitere Geschichten

Texte von Elke Schneider
Illustrationen von Gerlinde Keller

Was der kleine Kieselstein erlebt hat

Es war einmal ein kleiner, frecher Kieselstein, der wohnte in einem Flußbett. Doch anstatt, wie die anderen Steine, ruhig an seinem Platz zu bleiben, ließ er sich von der Strömung umhertragen und rollte wild in den Wellen herum. Er schaukelte hin und her, ließ sich vom Seegras den Rücken streicheln, und wenn die Sonne auf ihn schien, so funkelte er in tausend Farben.

Eines Tages fuhr der König vorbei. Er trug eine goldene Krone auf dem Kopf, auf der blinkten viele bunte Edelsteine, rote, grüne und kristallklare. Sie alle leuchteten zauberhaft und sahen sehr wertvoll aus. Der kleine Kieselstein schaute ihnen mit offenem Munde nach, und von diesem Tage an wünschte er sich, auch ein solcher Schmuck in der Krone des Königs zu sein.

Einmal nun, als ein Stein aus der Krone verloren gegangen war, schickte der König seine Boten aus, einen Ersatz dafür zu finden. So suchten die Boten auch an jenem Fluß. Als der kleine Kieselstein sie bemerkte, ließ er sich von den Wellen

empor tragen, drehte sich in der Sonne und glitzerte, so schön er konnte. Tatsächlich bemerkten sie ihn und wählten ihn aus, in der Krone des Königs zu sitzen.

Nun wurde der Kiesel ins Schloß getragen. Aber ach! Jemand klopfte an ihm herum, beschliff ihn mit einem harten Gegenstand und preßte ihn in eine ganz enge Fassung auf der Königskrone. Da saß er nun, eingezwängt zwischen all den anderen Steinen, und konnte sich nicht mehr rühren. Dunkel war es in der Kammer, wo er lag. Von Zeit zu Zeit wurde er mit einem beißenden Scheuermittel geputzt – als ob das Leben schöner wäre, wenn man sauber ist! Die anderen Steine aber machten sich über ihn lustig. Ein dicker Rubin brummte: „Du mußt wohl noch etwas wachsen, Kleiner!" Und ein Brillant säuselte gar: „Was willst du denn hier – ein gewöhnlicher Kiesel zwischen uns kostbaren Edelsteinen!"

Dann wurde die Krone aus der Schatzkammer getragen und auf des Königs Haupt gesetzt. Der König betrat damit einen großen Saal und setzte sich an eine vornehm gedeckten Tafel. Doch

gerade, als er aufstand, um eine Rede zu halten, und die Gäste erwartungsvoll schwiegen, kitzelte den kleinen Kieselstein eine lange Feder aus dem Schmuck des Königs, und er mußte furchtbar niesen.

Die Edelsteine sahen erschrocken zu dem Kiesel, und die Gäste starrten betroffen auf den König. Der kleine Kieselstein aber wäre am liebsten vor Scham in den Boden versunken. Da beschloß er, bei nächster Gelegenheit auszureißen. Jeden Abend drückte und bog er nun an seiner Fassung. Und als der König eines Tages mit der Krone auf dem Kopf spazieren ging, sprang der Kiesel heraus und ließ sich in den Sand fallen.

Am Nachmittag kam der Junge Fabian vorbei. Er sah den Stein in der Sonne blinken, hob ihn auf und steckte ihn in die Hosentasche. Endlich begann für den Stein ein angenehmes Leben. Neben ihm in der Tasche gab es nämlich eine Schar höchst interessanter Mitbewohner: eine bunte Glasscherbe, eine verrostete Schraube und eine Schnur, die schon mit einem richtigen Drachen in den Himmel geflogen war; außer-

dem ein angebissenes Stück Schokolade, den Deckel von einer Bierflasche – der auf einer Pfütze schwimmen konnte wie ein richtiges Schiffchen – sowie einen glibberigen Frosch, der Frau Bender, die Lehrerin, einmal fast zu Tode erschreckt hätte, als er über ihren Tisch sprang. Daß man diese höchst angenehme Gesellschaft nicht wieder verlassen möchte, versteht ihr doch, nicht wahr, Kinder?

Einmal aber wollte Fabian von Sabrina einen riesengroßen Lutscher eintauschen. „Was haste denn zu bieten?" fragte neugierig Sabrina.

Fabian zog den Kieselstein aus der Tasche. O weh! Doch der kleine Kieselstein machte sich ganz groß, hielt sein Bäuchlein in die Sonne und funkelte, so schön er konnte. Da erkannte Fabian, wie wertvoll er war, und steckte ihn schnell zurück in die Hosentasche.

Dort wohnt der kleine Kieselstein seither. Ach Kinder, wenn ihr sehen könntet, wie gemütlich es dort ist!

Eine Marienkäfer-Geschichte

Diese Geschichte handelt in der Zeit, als die Marienkäfer noch keine Punkte hatten. Sie waren alle einfarbig rot.

Sonntags machten die Familien der Marienkäfer mit ihren Kindern einen Ausflug zur sonnigen Blumenwiese. Sie kletterten an den Grashalmen empor oder flogen auf die Blüten und sonnten sich. Und die Kinder versammelten sich alle bei der großen Glockenblume und spielten, wer als erster oben ist.

Am Abend, wenn die Familien nach Hause fliegen wollten, riefen die Eltern ihre Kinder.

„Mariechen!" riefen sie oder „Karl! Kommt her!", denn die Jungs hießen alle Karl und die Mädchen alle Mariechen.

Das war ein heilloses Durcheinander! Die vielen Kinder rannten zu den Eltern, ohne zu wissen, welche nun eigentlich ihre Eltern waren, denn alle Marienkäfer sahen gleich aus, einfarbig rot. So kam es, daß manche Familien am Abend mit zwanzig Kindern nach Hause kamen, obwohl sie am Morgen nur mit dreien losgegangen waren. Wo aber sollten all die Kinder jetzt schlafen – die Betten reichten beim besten Willen nicht aus. Einige mußten auf dem Bettvorleger die Nacht verbringen, andere in der Badewanne und manche sogar draußen vor der Haustür auf der Fußmatte. Die Ärmsten! Wenn es über Nacht regnete, waren sie am anderen Morgen ganz naß und bekamen einen Schnupfen.

Am Frühstückstisch hatten nun bei weitem nicht mehr alle Platz. Die vielen Kinder mußten nacheinander essen, und die ersten nahmen sich natürlich das Beste, weswegen es ständig Streit gab. Wer Küchendienst hatte, war schlimm dran. Er wurde an diesem Tag mit dem Abwaschen nicht fertig und konnte nicht mehr draußen spielen.

Weil dieser Zustand unerträglich war, kamen eines Tages die Klügsten aller Familien zusammen und überlegten, wie sie Abhilfe schaffen konnten. Und sie beschlossen, daß von nun an alle Marienkäfer mit schwarzen Punkten bemalt sein müßten, jede Familie mit einer anderen Anzahl.

Nun begann ein Wettstreit, wer die meisten und schönsten Punkte hatte. Die eine Familie bemalte ihre Käfer mit zwei Punkten, die nächste mit sieben, und noch eine andere mit dreizehn Punkten. Wieder andere Familien bemalten sich schwarz mit roten Punkten und eine sogar schwarz mit gelben Punkten.

Am nächsten Sonntag trafen sich alle wieder auf der Blumenwiese. Die Kinder krabbelten auf einen Löwenzahn – groß und leuchtend wie die Sonne –, und eine Jury legte fest, welche am schönsten bemalt seien. Die Jury bestimmte, daß alle die schönsten sind, und so war jedes der Kinder ein Gewinner. Jeder Sieger bekam als Preis einen großen Blütenkelch voller köstlicher Tautropfen.

An diesem Abend waren alle Marienkäfer-Kinder sehr müde. Jetzt hatte keines mehr Schwierigkeiten, seine Eltern zu finden. Und als der Mond durch ihre Fenster lugte, schlummerten und träumten sie selig – ein jedes in seinem eigenen Bettchen.

Das Wolkenkind

Zirri, das Wolkenkind, hing am Himmel und langweilte sich. Im Sommer, wenn es heiß ist und der Himmel blau aussieht, haben kleine Federwölkchen, wie Zirri eines ist, mitunter große Langeweile. Kein Wind wirbelt sie herum, und weil der Himmel fast wolkenlos ist, sind nur sehr wenige andere Wolkenkinder da, mit denen man spielen könnte. An einem solchen warmen Sommertag also beschloß die kleine Wolke Zirri, auf die Erde zu gleiten zu den Menschenkindern.

Sie ließ sich herabsinken und schaute. Unten spielten die Kinder Verstecken. „Eins, zwei, drei, ich komme!" rief ein Junge. So schnell konnte sich die kleine Mia gar nicht verstecken. Als der Junge sich umdrehte, stand sie immer noch hinter ihm, und gleich war sie wieder dran. Zirri, das Wolkenkind, schaute eine Weile zu, dann beschloß es, Mia zu helfen. Als der Junge wieder suchen mußte, schwebte Zirri zu Mia, hüllte sie von oben bis unten ein, und niemand konnte sie

finden. „Prima habe ich das gemacht", dachte Zirri, als sie davonschwebte. „Ich werde es gleich bei jemand anderem probieren!"

Diesmal suchte sie sich einen Menschen, der auf einem Gerüst stand und einen Pinsel in der Hand hielt.

„Hilfe!" rief der Mensch. „Ich kann nichts mehr sehen! Alles sieht weiß wie Zuckerwatte aus!" Und er stieß aus Versehen den Farbeimer um, der neben ihm stand.

Unter dem Gerüst gingen gerade viele Menschen hindurch. Sie alle hatten nun grüne Punkte auf ihren Kleidern, Anzügen und in den Gesichtern.

Eine Frau, die einen dicken Klecks abbekommen hatte, schrie nach der Polizei. Gleich kam ein Wachtmeister und fragte: „Was ist denn hier los, und wer hat das angerichtet?"

„Oh je", dachte Zirri, „was soll ich jetzt nur tun?"
Schnell sauste sie zu dem Wachtmeister und legte sich vor seine Augen.

„Was gibt es hier für einen furchtbaren Nebel!"
rief da der Wachtmeister. „Aber kein einziges
Auto hat seine Nebellichter eingeschaltet!" Und
er schrieb allen Autos einen Strafzettel aus.

„Bloß weg hier", dachte Zirri, und sie ließ sich
ein Stück nach oben gleiten. Schon konnte sie
durch die Fenster eines Funkturmes sehen, von
dem aus gerade die Fernsehsendungen übertragen wurden. Doch auf allen Bildschirmen erschien auf einmal ein weißer, trüber Dunst,
durch den man nicht hindurchgucken konnte.
Nicht einmal das Wort „Bildstörung" konnte
man mehr lesen. Alle Menschen glaubten nun,
ihre Fernsehgeräte seien kaputt und riefen
gleichzeitig den Entstörungsdienst an. Das war
ein Durcheinander! Alle Telefonleitungen waren
besetzt oder überfüllt, und die Menschen quasselten wild durcheinander.

Die Straßen waren verstopft von den vielen Fernsehdienst-Autos, die gleichzeitig dort fuhren und laut quietschten oder hupten.

Zirri sah herab auf das Gewühl, das sie angerichtet hatte. Verschämt rollte sie sich zusammen und ließ sich Richtung Stadtrand gleiten. In der Krone eines Baumes verschnaufte sie. So müde war Zirri, daß sie gleich einschlief.

Da flog eine Vogelfamilie vorbei. Diese hübsche, weiße Watte zwischen den Zweigen kam den Vögeln gerade recht. Sie bauten dort ihr Nest, legten ein paar Eier hinein und brüteten.

Als Zirri erwachte, saßen mitten in ihr eine Vogelmama, ein Vogelpapa und fünf munter zwitschernde Vogelkinder.

„Prima", dachte Zirri, denn eine solch lustige Gesellschaft hatte sie sich schon lange gewünscht. So blieb sie den Sommer über bei den Vögeln und legte schützend ihre Arme um sie. Als die Vogelkinder aber größer wurden, übte sie mit ihnen das Fliegen und zeigte ihnen ein Stück vom Himmel.

Vom krummen Strauch

Es war einmal ein Strauch, der hatte ganz krumme Zweige. Sie bildeten ein dichtes Gestrüpp und ragten kreuz und quer nach allen Seiten. Der Strauch war so schief gewachsen, daß die anderen Bäume und Büsche sich über ihn lustig machten.

„Seht nur, wie häßlich er ist", sagte eine kleine Birke, die einen hübschen weißen Stamm hatte.

„Er sollte sich schämen", zischte ein junger Tannenbaum mit gleichmäßig gewachsenen Zweigen.

Doch der krumme Strauch murmelte: „Wartet nur ab."

Als der Frühling kam, sangen die Vögel und flogen herum, um einen Nistplatz zu suchen. Zwei Grünfinken schwirrten herbei und bauten ihr Nest ausgerechnet zwischen den Zweigen des krummen Strauchs. In seinem dichten Gestrüpp waren sie geschützt vor Regen, zu warmer Sonne und vor räuberischen Katzen. Die Finkenfrau brütete ihre Eier aus, und nach ein paar Wochen zwitscherten sechs junge Grünfinken in dem Nest.

Das war ein fröhliches Leben in dem krummen Strauch! Die Finkeneltern flogen herein und heraus, um Futter zu suchen. Jedes der Finkenkinder versuchte, am lautesten zu schreien, damit es das meiste Futter bekäme. Als sie größer waren, kletterten sie auf die Zweige des Strauchs und machten ihre ersten Flugversuche. An den Abenden flog der Finkenvater empor auf den höchsten Ast und sang seine schönsten Lieder.

Die anderen Bäume wurden ärgerlich.

„Warum kommen die Finken nicht zu mir?" fragte zornig die kleine Birke.

„Oder zu mir, meine Äste sind viel schöner!" rief hochmütig der kleine Tannenbaum.

Doch es half ihnen nichts, die Finken blieben bei dem krummen Strauch, denn sie fühlten sich wohl in ihm.

Als ein Jahr vergangen war und es wieder Frühling wurde, lachten die anderen Bäume nicht mehr über den krummen Strauch. Wieder kamen die Grünfinken und nisteten zwischen seinen Zweigen.

„Krummer Strauch", sagte da die kleine Birke, ich wünschte, ich wäre so nützlich wie du. Dann müßte ich nicht so alleine sein."

Das Tannenbäumchen aber sah dem fröhlichen Treiben der Finken zu und weinte leise.

Da flogen die Finken zu der Birke, zupften Rinde von ihrem Stamm und bauten damit ihr Nest fertig. Am Abend, als die Arbeit getan war, saß Vater Fink auf der Spitze des Tannenbäumchens und sang sein Lied, daß man es weithin hören konnte. Da lachte die kleine Birke, und der Tannenbaum wippte vergnügt mit den Ästchen.

Der krumme Strauch aber sah zu und freute sich mit ihnen. Als es dunkel wurde, schlüpften die Finken zwischen seine Zweige und kuschelten sich in ihr Nest, daß es ihnen recht behaglich wurde. Und der krumme Strauch beschützte sie.